인간들은  맨날

인간들은 맨날

최진영 그림에세이

위즈덤하우스

들어가는 말

그간의 가벼운 농담과 낙서를 모으고 엮어 완성했습니다.
팍팍한 일상에서 펼칠 때마다 기분 좋은 환기가 되길 바랍니다.

* 더불어 책의 언저리에서 서성이던 저에게 용기를 주신
편집자님께 감사의 말씀을 전합니다.

차례

1장 휩쓸리며 살아가는 것이 인간의 매력

2장 중요한 건 나 본연의 귀여움

3장 귀여운 정도의 할 일이라도 쌓이면 무겁다

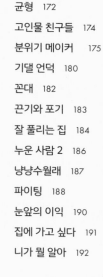

1장 · 흔들리며 살아가는 것이 인간의 매력

어쨌든, 인간의 말도 한번 들어보자!

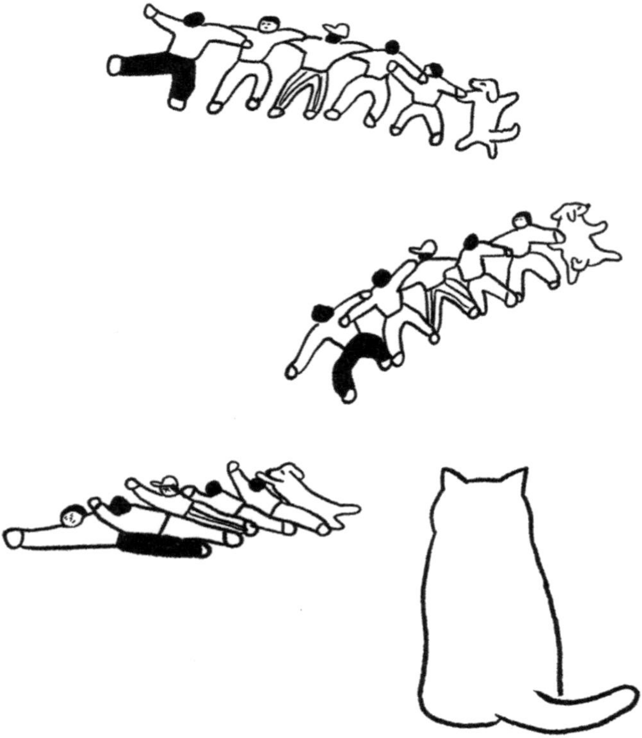

휩쓸리면서 살아가는 것이
인간의 매력이라고나 할까.

(15)

고양이는 왠지 걸음이 빨라졌다.

이것만
하나 남았네…
날 기다리고
있었던 걸까?

저 이거
주세요!
드릴까요?

(18)

운명처럼 느껴졌던 건,

나만의 착각일 수 있다.

(20)

각자의 속도

목표를 향해 힘차게 달려나가는 사람.

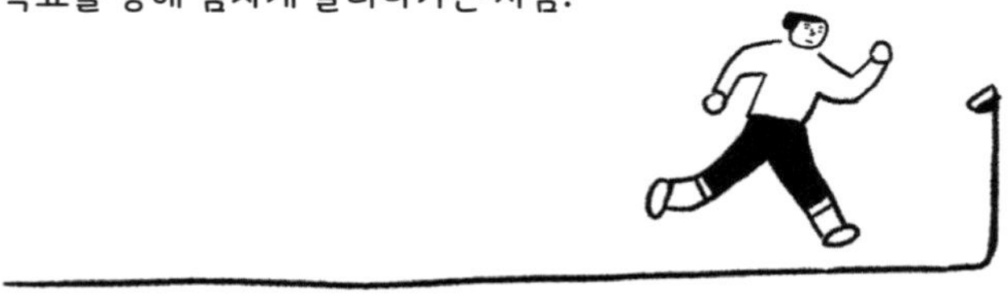

자신만의 속도로 꾸준히 걸어가는 사람.

다들 열심히 나아가고 있어서 가만히 있으면
뒤로 가는 러닝머신 위에 있는 기분이야.

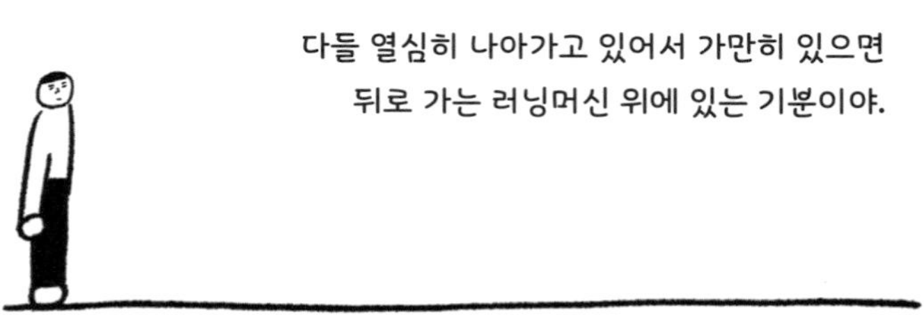

그래도…
느려서 볼 수 있는 풍경도 있는 것 같네.

동네에서 산책할 땐
각자 비슷하게 걷고 있는 것 같았는데
다들 언제 멋지고 새로운 곳에들 가 있는 건지.

나이를 먹을수록 계절의 변화와 해의 중요성을 느낀다.
흐리거나 해가 짧은 날엔 '오늘은 예감이 좋지 않군'
하는 기분으로 하루를 시작하기도 한다.
별 좋은 날, 해를 듬뿍 받아
저장해둘 수 있으면 얼마나 좋을까.

(23)

하면 잘해

〈미루기의 TIP〉

‘하면 잘해’와 ‘안 해서 그런 거지’가 힘을 합치면

어떤 잠재력도 봉인할 수 있대.

자기복제

(24)

매일 찍어낸 듯 똑같은 일상.
좀처럼 나아지지 않는다고 느껴질 땐
평소보다 화질이 선명한 하루는 아닌지,
그 약간의 차이가 주는 기쁨을 느껴보라구~

예열하기

오늘은 좀 그럴듯한 하루를 보내겠다던 인간은
종일 핸드폰만 보고 있다.

예열 중이야…

예열 중…

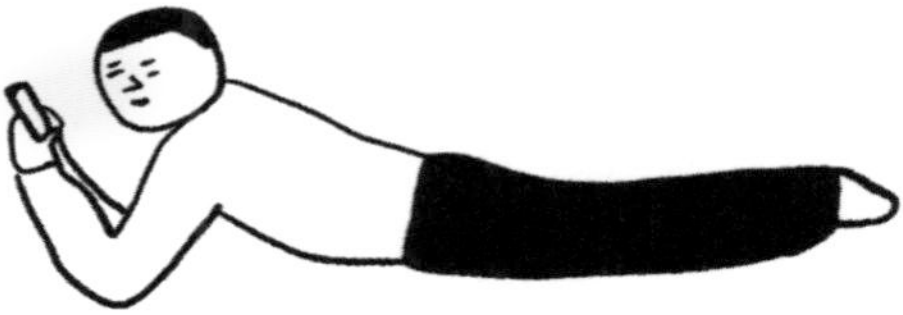

아직 덜 됐어…

사람들에게 전자제품처럼

에너지 소비효율 등급 스티커를 붙인다면

아마 나는 등급 밖의 사람일지도 모른다.

대청소시간

필요 없는 건
싹 다! 정리해야지.
결단력 있게!

쓸모없는 것들은 싹 처분해야지 맘먹고
방치된 상자를 열었는데 작은 뻐꾸기 인형이
들어 있었다. 이 뻐꾸기로 말할 것 같으면…
길을 걷다가 오랜만에 보는 뻐꾸기 시계가 있길래
창문을 살짝 들춰봤더니

청소 전보다
더 더러워진 것 같은데…

어떻게 버려…
못 버려…
더 잘 보이는 데 둘 거야.

초록 날개에 부리가 새초롬하게 빨간, 작은 뻐꾸기가 들어 있었다. 기쁜 나머지 고장난 시계에서 뻐꾸기를 추출해왔고, 새로운 집을 만들어줘야지 다짐하곤 몇 년이 흘렀다. 이런 것들과 감상과 회상 타임을 가지느라 내가 정리를 못한다.

가만히 있어줄래?

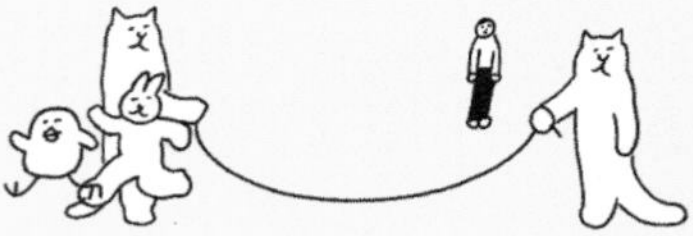

기력이 없는 사람의 일주일

주말에 한껏 자유로웠던 영혼이
월요일이라고 얌전히 제자리를 찾아 돌아오는 일은
좀처럼 일어나지 않는다.

겨우 어르고 달래서 앉혀놓으면
어느새 금요일의 기운이 다시 들썩이게 만든다.
언제쯤 월요일을 가뿐히 맞이할 수 있으려나?

좋아 보이는 것들은 너무 많아서
정신없이 두리번거리다 보면

갈수록 좋아하는 것은 뭉툭하고 은근하게 좋고
싫어하는 것들은 구체적이고 뾰족해진다.
그래서인지 좋아하는 것은 선뜻 설명하기 어려운데

꼼짝도 못 하게 되는 게 인~생

싫은 것들은 얼마든지 풀어놓을 수 있게 되었다.
싫은 것은 헐렁하게 흘려버리고
좋은 것들을 더 촘촘히 좋아할 수 있도록 해야지.

만약 죽을 때까지 한 가지 음식만 먹을 수 있다면

망설임 없이 김밥을 택할 것이다.

어릴 적에는 소풍 같은 특별한 날에만

먹을 수 있어서인지 완벽한 음식으로 느꼈더랬고,

어른이 된 지금도 단면 안에 음양오행이 모두 있는
조화로운 음식이라 생각한다.
인생도 좋아하는 사람과 좋아하는 일 들만 넣고
둘둘 말 수 있으면 얼마나 좋을까.

칭찬을 못 듣는 사람

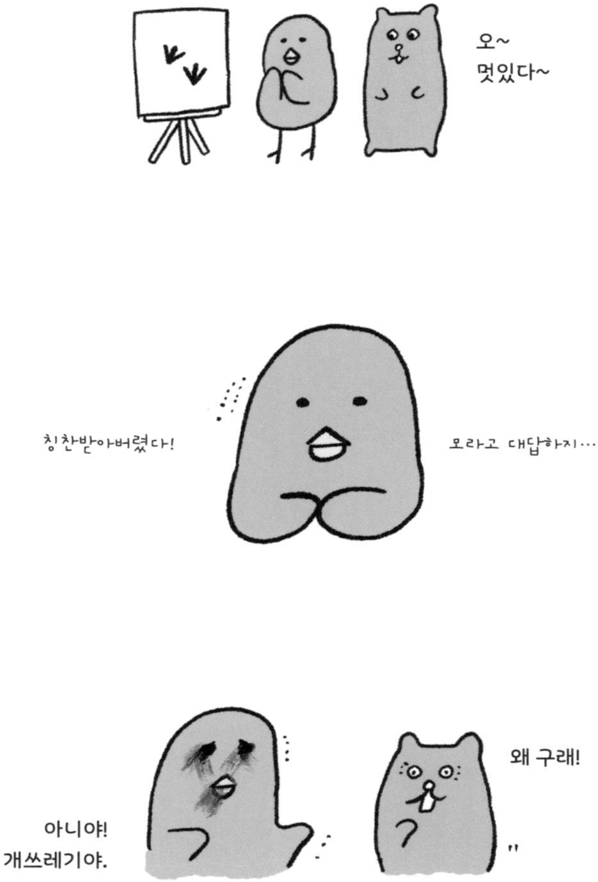

오~
멋있다~
칭찬받아버렸다!
모라고 대답하지…
아니야!
개쓰레기야.
왜 구래!

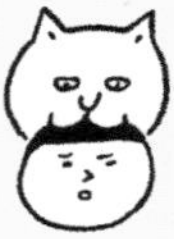

(39)

자기 몫의 칭찬을
잘 받는 사람이 되자!

소심한 사람에게 칭찬이라는 건
들을 땐 부끄러워 몸서리치지만
두고두고 꺼내 보는 용기가 된다.

먼지 같은 인간

(40)

털어서 먼지 안 나는 놈이 어디 있냐.

내가 유난히 먼지가 많은 편이긴 하지.

먼지 같은 삶이었다…!

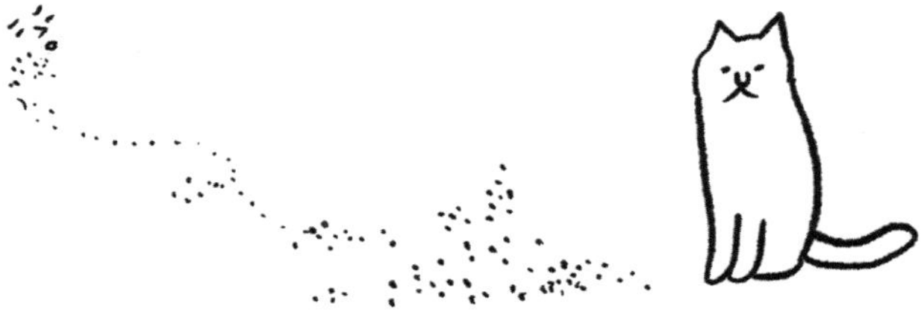

유명인이 되어 잘못을 질타당하는 상상을 하니
몸서리가 쳐졌다. 털어서 먼지 안 나는 사람 없다지만
나는 지금도 재질부터가 먼지 타는 옷을 입고 있다.
역시 너무 유명해져서 먼지 털리는 일은
만들지 않는 것이 좋겠다.

감성 응급 처치 1

또 센치해지려고 그러네.
인간관계란 뭘까.
인생 뭘까…

그런 생각할 바엔
센치나 재라…
이성적으로다가.
메신저 프로필 사진이나
바꿔볼까.

눈치 없지만 일은 잘해

친구와 나란히 TV를 보다 슬며시 가스를 내보내곤
태연한 척하고 있는데, 공기청정기에 오염등이 켜지더니
모터 소리가 요란해지는 것이 아닌가.

왠지 모를 정적 속에

공기청정기 일하는 소리만 유난히 크게 들렸다.

눈치 없지만 일은 잘하는 공기청정기.

계획 없이 떠나는 법

…

벌써 힘들다.

기대치

기대치에 맞춘다는 건 어려운 일이지.

내적 댄스

아무에게도 들키지 않게
내적파티 중 —

휴대폰 대리점 앞을 지나가는데 저음질의 스피커로
찢어질 듯 유행가요가 터져나오고 있었다.
시끄럽네 생각하면서도 걸음은 음악에 맞춰 걷고 있어서
왠지 자존심이 상했다.

오늘의 커피

오늘 안에 다 끝내려면
커피가 필요해.
깨어나라, 머리!

뭐든 할 수 있을 것

같은 기분

아이디어가 마구 떠오르네!
카페인 최고! 커피 최고!

오늘도 커피의 힘으로
신나게 딴짓을 해버렸습니다.

우선순위를 정해서 일하라고들 하지만
커피를 마시는 순간, 눌러두었던 회심의 아이디어들이
우르르 몰려와 우선순위를 밟고 지나간다.
오늘 해내지 못한 오늘의 할 일,
내일의 커피에게 맡긴다.

너무나도 많은 나

다채로운 나를 보여줄게—

휴…
진짜 나다운 게 뭘까?

인간들은 자기 말고는
관심이 없나 봐.

단점 콜렉터

(55)

마사지 타임

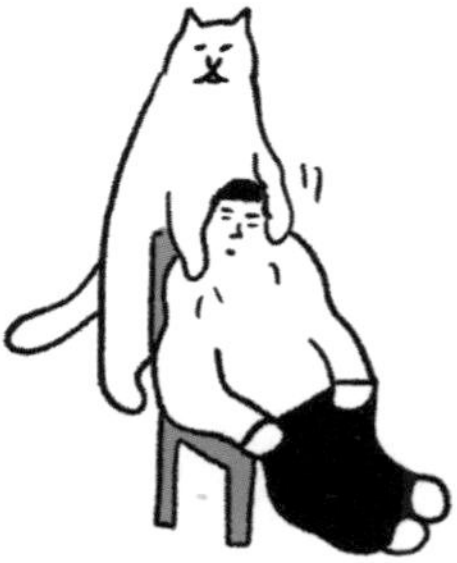

어깨가 자주 뭉친다. 태국 여행을 갔을 때 마사지사가
딱딱해~ 하며 안쓰러운 표정을 짓기도 했다.
사람이 너무 물렁해도 별로지 않나 싶지만
어깨만은 말랑해질 때까지 반죽해
이상적인 굳기로 다시 태어나고 싶다.

난 왜 이럴까.
왜 이 모양일까…
무능력해.
할 줄 아는 것도 없고.
애옹
애옹

언제 이렇게 팠지?
땅 그만 파고 나와!

매듭법 포옹

상대가 절대 빠져나가지 못하는 매듭법의 포옹.

(59)

미래의 나에게

언제나 미래의 즐거움보다 게으르게 보내는 지금이
더 행복하게 느껴지는 건 왜인지.

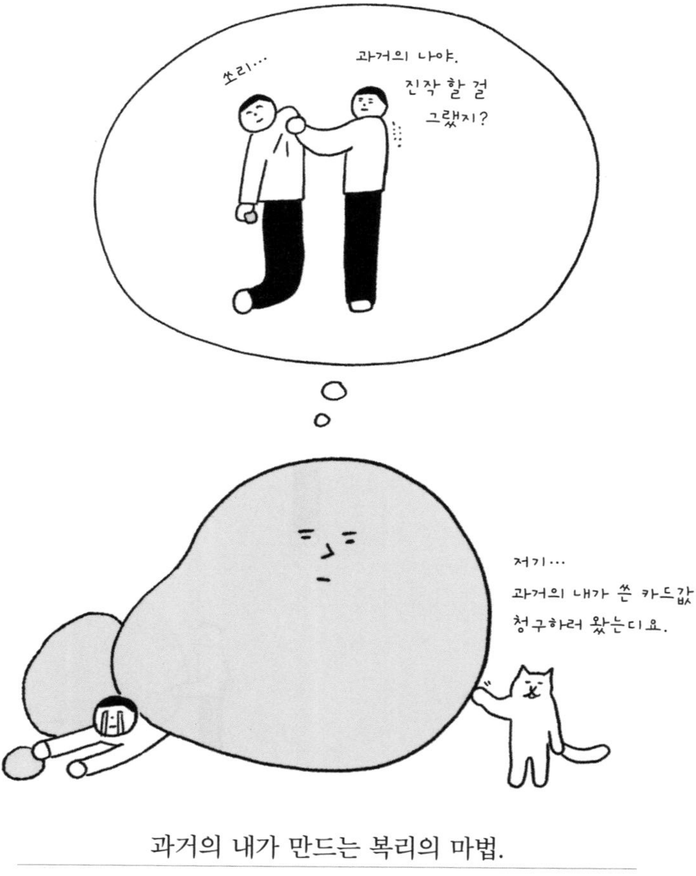

과거의 내가 만드는 복리의 마법.

수없이 경험하고도 또 반복한단 말이지.

(61)

보고 싶은 대로 보세요

보고 싶은 대로 보세요.
저는 제 갈 길 갈게요!

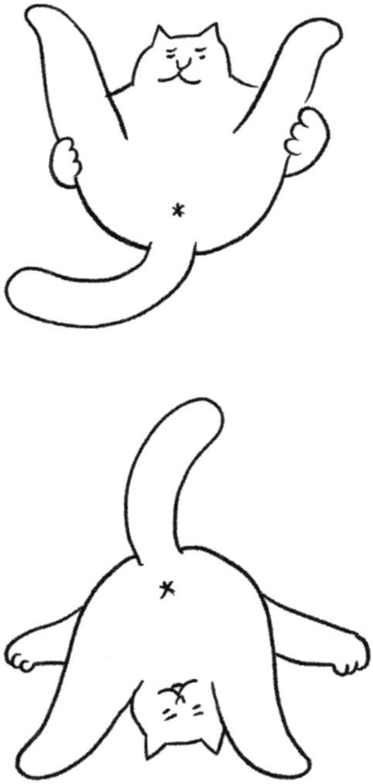

그렇지만 고양이는
거꾸로 봐도 귀엽다.

인기가요

찾아 들은 적은 없지만 어쩐지 오래전부터
부르고 있는 노래가 있다.

흥얼거리며 집안일을 하다 보면
심취하게 되는데

좌니난!
쾅!
핡!!!
쏴아아아
언제부터 거기 있었어.
에호
아무도 본 사람이 없길 바란다.

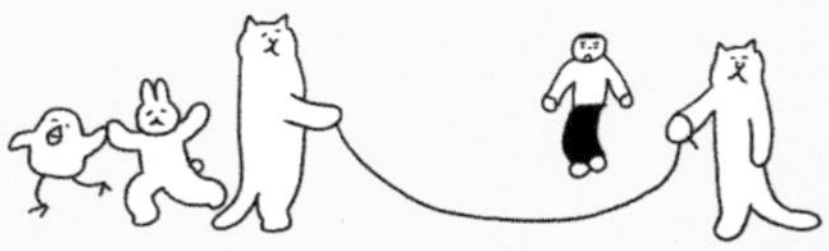

언젠가는 어마어마한 그릇이 될 줄 알았는데
용도에 어울리는 작은 그릇도 좋은 것 같아.

어릴 적, 대기만성형이라는 말에 희망을 걸었었다.
언젠가 큰일을 할 뭔가가 숨겨져 있기를 바라던 중
도자기 공방에서 물레를 다루다가 깨달았다.
큰 그릇을 만들다 보면 중심이 흔들리고
찌그러지기 쉽다는 것을,
실생활에서는 작은 그릇이 더 유용하고

작은 그릇들의 모임에서 만나자.

엄마가 어릴 적부터
난 대기만성형이랬는데
그냥 작은 그릇이었어~
나도~
큰 그릇일 줄 알았는데
간장종지였지 모야.

나는 조물조물 작은 그릇 만들기를
좋아하는 사람이라는 것을.
무엇보다 매 수업마다 쓰임이 없다시피 한
이상한 모양새의 물건들을 만들어내고 있었다.
만든 것들이 이러한데 스스로가 큰 그릇이길 바라는 건
아무래도 이상하지 않나 싶다.

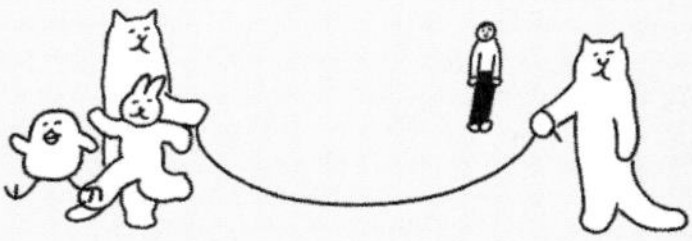

뾰족한 사람

심취해 나뭇살을 사정없이 날리고
심을 돌려가며 연마했더니
필기하기 신경 쓰일 정도로 가냘픈 조각품이 되었다.

사는 방식

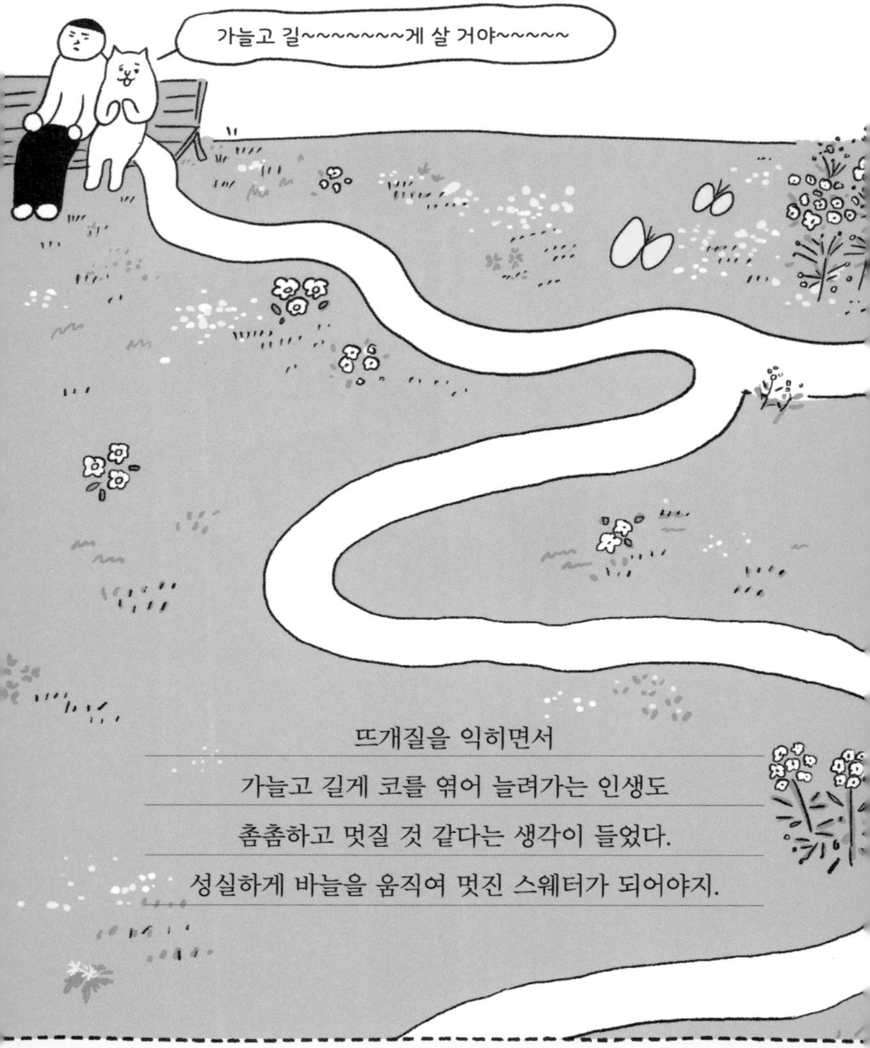

뜨개질을 익히면서
가늘고 길게 코를 엮어 늘려가는 인생도
촘촘하고 멋질 것 같다는 생각이 들었다.
성실하게 바늘을 움직여 멋진 스웨터가 되어야지.

(71)

가지가지

매일매일이
틀에 갇힌 것 같고
권태로운가요?
그 이유는…

잼이 없기 때문입니다…

잼과 빵이 있는
인생을 사세요.

사라질 것 같은 느낌

찬 기운이 느껴지기 시작하면

어느새 한 해가 순식간에 지나가버린 게 느껴진다.

봄과 여름의 온기가 식어버리기 전에 부지런히 걷자.

사주팔자

불확실한 미래를 점쳐보려는 인간.
듣고 싶은 말은 따로 있는 듯 보인다.

무슨 말이 듣고 싶으세요?
애쓰지 않아도 알아서 잘될 사주라고 말해주세요.

부적도 써줄게!

치워

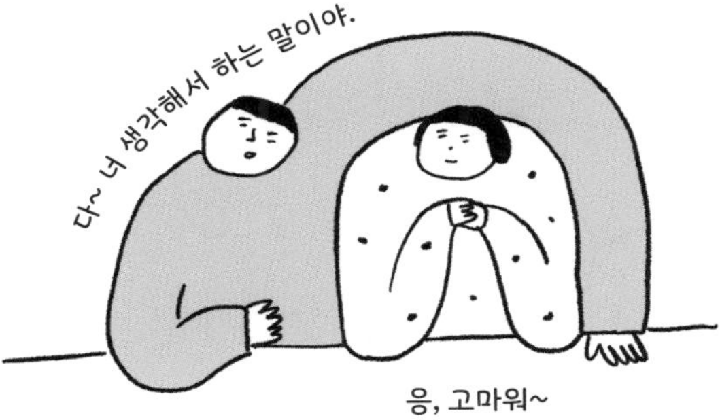

감성 응급 처치 2

술과 자기반성

오오~ 웬일로 그럴듯하게
말하고 있다고 생각했지만
어느새 같은 말만 반복하고 있었다고 한다.

아이스크림식 스트레스 해소법

(80)

다 녹아버릴 때까지 뜨거운 물로 샤워하기.

어쩌다 여기까지

이렇게 대답하면 탈락이려나요…
어쨌든 흘러 흘러 여기서 만나게 되어 반갑습니다~

제 가방 안을 공개하겠습니다.

연필, 카페 냅킨, 영수증, 동전··· 등이 있군요.

내친 김에 제 머릿속도 보실까요?

이상입니다—

2장. 중요한 건 나 본연의 귀여움

매력

눈썹이 대칭이건 비대칭이건
그런 건 중요하지 않아.
중요한 건 나 본연의 귀여움이지.

매력이란 어떤 강력한 자기주장에 매료되는 것 아닐까?
그것이 짱구 눈썹일지언정
당당한 태도라면 설득되고 만다.

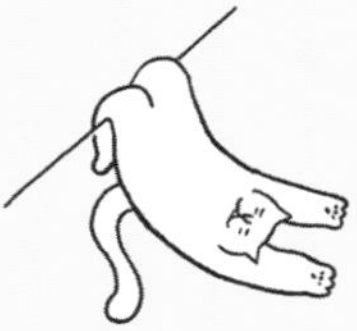

SNS 회전문에 갇힌 인간

오래전 사주를 봤을 때 이런 말을 들었다.

"마흔 넘어선 지갑에 들어가지도 않을 정도로

많은 돈을 벌 것이야."

믿거나 말거나 기분은 좋았다. (사실이어야만 했다.)

당시 40대는 먼 미래의 일이라 잠시 잊고 있었는데,

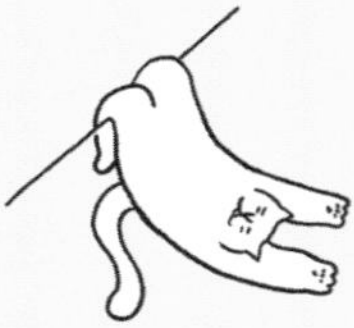

몇 년 후 게임을 하다가 주머니가 꽉 차서
돈이 들어가지 않는 상황이 생겼다.
돈을 바닥에 내려두고 주머니를 비우기 위해
왔다갔다 하던 중 번뜩 사주풀이가 생각났다.
큰일이었다. 운이 이렇게 이뤄져서는 안 되는데.

긴장 좀 푸세요

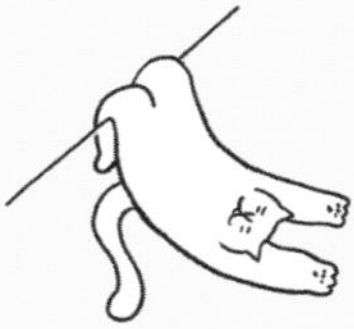

긴장과 이완 사이,
중간이 없는 인간.

맞춤 서비스

하루종일 눈만 굴리는 인간을 위한
맞춤 서비스.

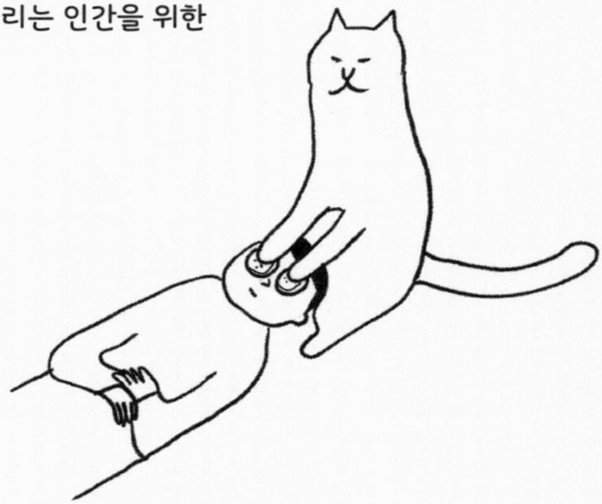

다른 감각도 쓰라는 의미에서
후각 자극 한 방!

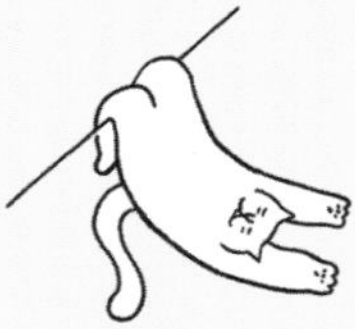

(95)

RELAX...

완벽한 균형감

여기서 움직이지만 않으면 인생 밸런스 완벽함.

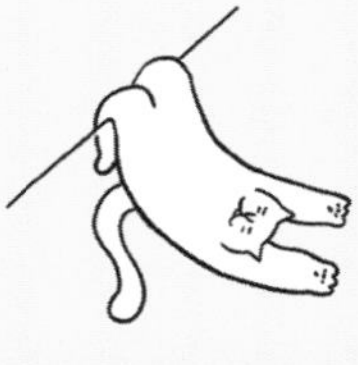

남부럽지 않은 삶

요즘은 그다지 부러운 사람이 없다.
다만 편안하게 늘어져 있는 고양이나 강아지를 보면
간혹 부럽다고 느낀다. 다음 생은 다정한 주인의
고양이로 태어나면 좋겠다.

아보카도는 기다려주지 않는다

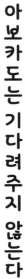

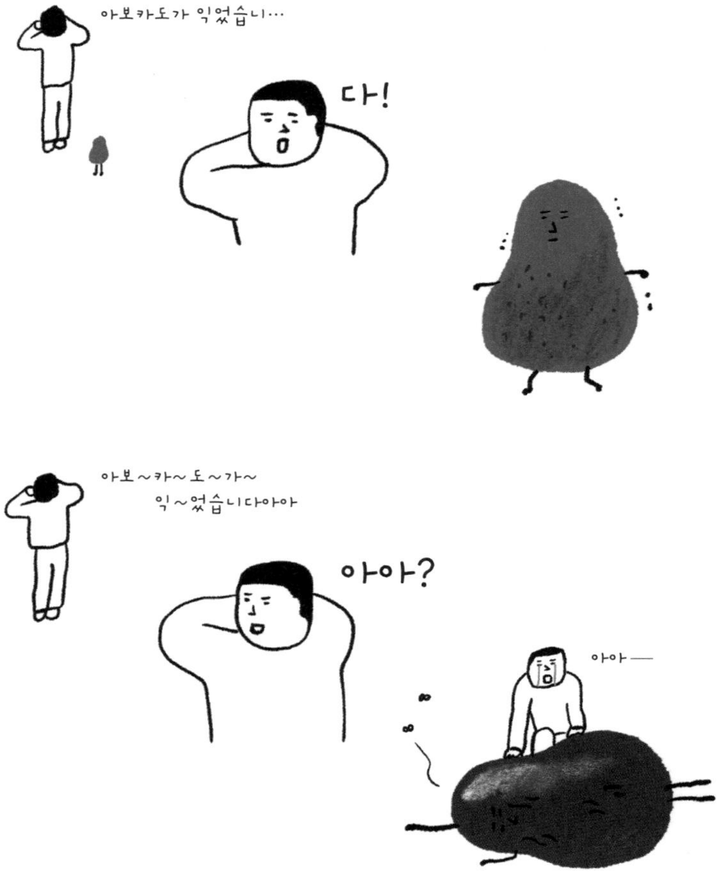
아보카도가 익었습니…
다!
아보~카~도~가~
익~었습니다아아
아아?
아아—

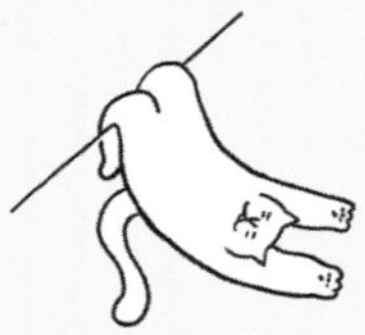

아보카도는 기다려주지 않아.
시간도 마찬가지지.

눅눅한 생각

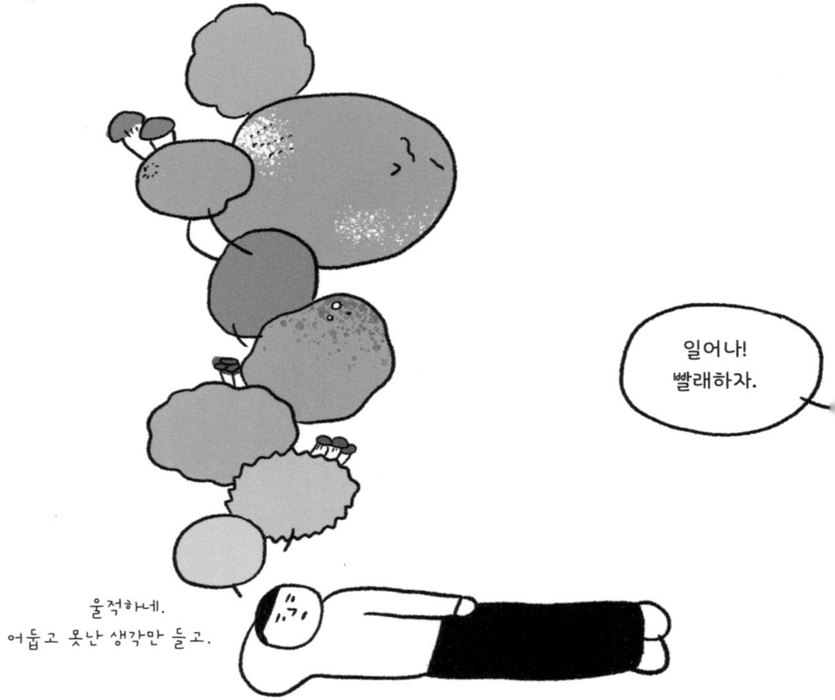

일어나!
빨래하자.
울적하네.
어둡고 못난 생각만 들고.

장마철에 수건 빨래를 했다가 덜 마른 냄새에
깜짝 놀랐다. 이 수건으로 몸이라도 닦았다간
젖은 빨래의 인간화가 될 터였다.

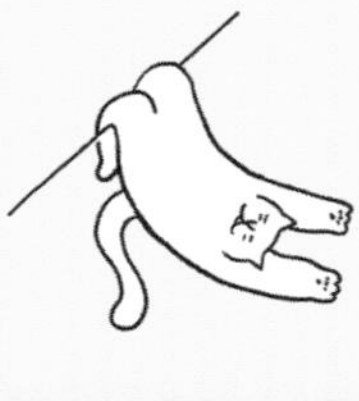

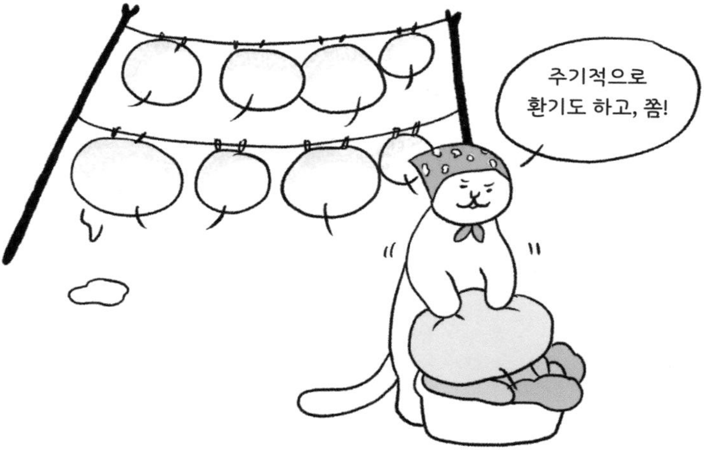

이 냄새를 색으로 따지자면

햇빛의 살균을 받지 못한 저채도의 냄새랄까.

되도록이면 해가 느껴지는 고슬고슬한 인간이고 싶다.

별 심는 사람

4.0 ☆☆☆☆ (397)

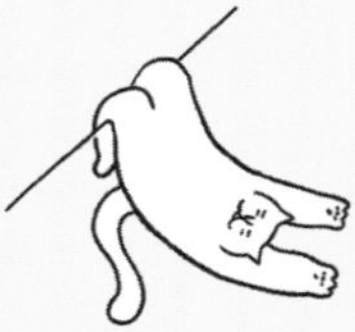

생각이 많을 땐 종이 한 장과 연필 한 자루를 꺼냅니다.
그리고

종이 중간부터 짧은 빗금을 마구 긋습니다.
생각이 없어질 때까지…

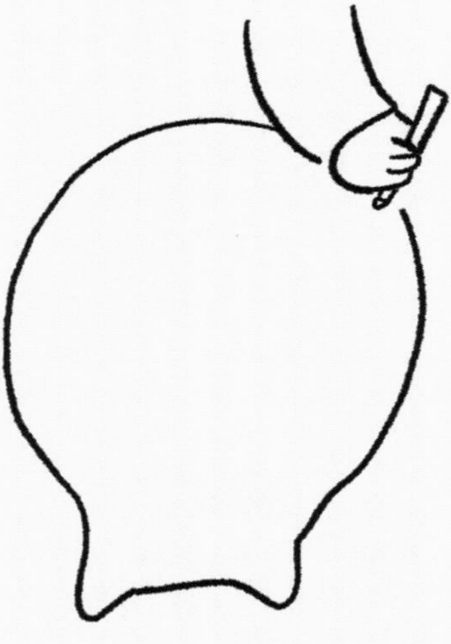

조금 마음이 가라앉았나요?
그럼 이제 빗금 덩어리를
이런 모양 안에 가두어봅니다!

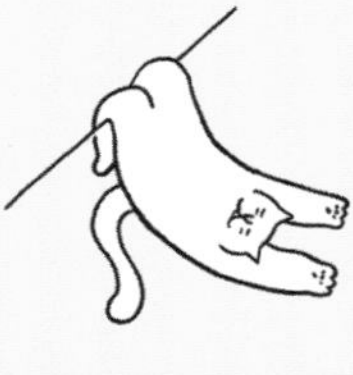

야호!

웅크린 고양이 완성

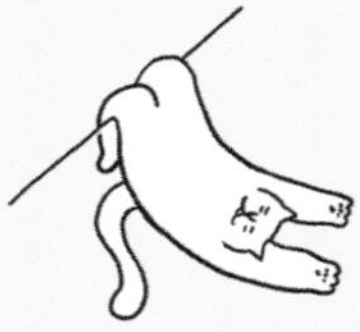

출근길의 에스컬레이터

출근하는 데 한 시간 반 정도가 걸리는 회사에 다녔었다.

지하철을 환승할 때 에스컬레이터가 자주 고장이 나서

출근 무리에 휩쓸려 뚜벅뚜벅 계단을 올라가던 중

이렇게 반자동으로 움직일 바엔 락페스티벌처럼

이동시켜줘— 라고 비명을 지르고 싶었다.

찔러보기

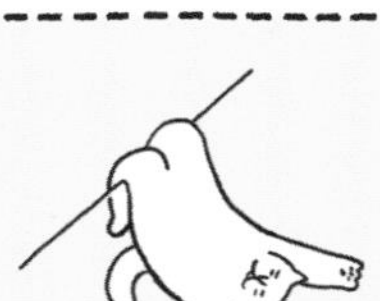

부질없는 약속

미니멀리즘에 심취했을 때, 뭔가 살 때마다
이것이 마지막이라며 다짐했지만 더 사야 할 이유만큼은
언제든지 찾을 수 있다는 사실만 깨닫게 되었다.

모르는 게 약

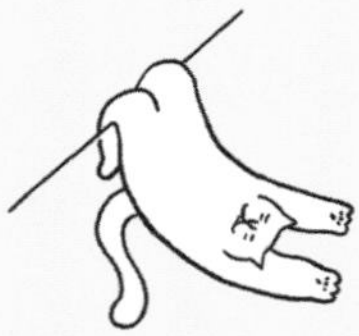

왜 남의 얘기에 저렇게까지 과몰입하는 걸까?

하고 말하기엔 그게 바로 내 얘기다.

훌륭한 드립백이
되는 것은
결국 코어의 문제!

꽃을 피워내려면
중요한 건
영양제보단 중심이지.

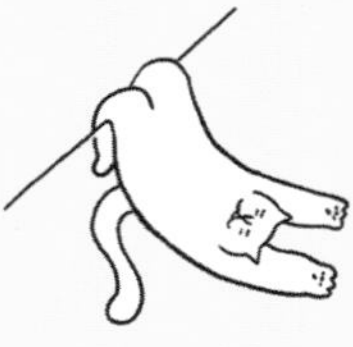

중심을 잡지 못하는 것은 몸이지만
결국 흔들리고 있는 것은 당신의 마음입니다~

중심을 잡는다는 것은

추상.

불편한 바닥에 누워 사색하기

각종 할 일이 쌓여 있을 때

일단 덮어둔다.

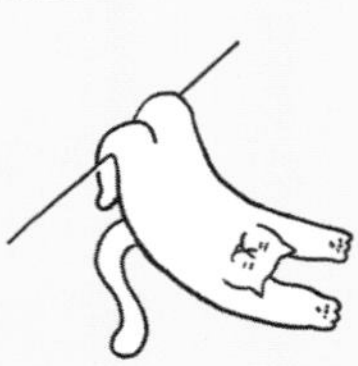

그리고 그 위에 누워

감상에 젖는다.

세상이 이렇게 아름다운데
일을 하는 게 말이 되냐!

해야 할 일과 고민들이 맘 한 켠에 쌓여 있으나

맙소사 하는 심정으로 뜨개질을 하고 있다.

손톱 먹는 쥐

손톱을 아무데나 깎으면
쥐가 주워먹고 주인 행세를 한다는 전래동화는
어린 마음에 공포스러웠다.

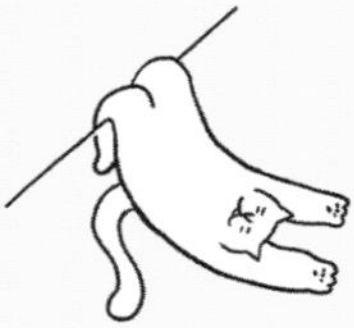

하지만 나태한 어른이 된 요즘은,

될 대로 돼라. 주워먹고 나 대신 일 시키면 좋을 텐데.

온갖 재테크가 다 있는데 손톱테크는 없겠냐

하는 심정이 되어버렸다.

혈중 마늘 농도

얼마나 마늘을 더 먹어야
1인분의 사람이 되는 걸까?

한국인은 혈중 마늘 농도가 유지되지 않으면
온전한 사람 구실을 할 수 없대.

숙면 지킴이

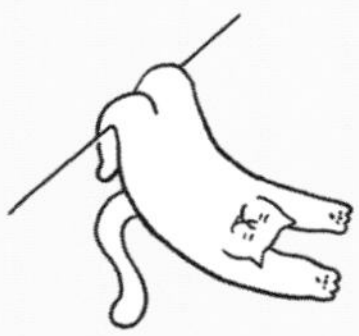

안 할 뿐이지

오늘은 이대로 잠들지만
내일은 꼭 해낸다.
해내고야 만다.
꼭 오늘
다 하라는
법은 없지…
맘만 먹으면
금방 해~
안 할 뿐.

'하면 잘해, 안 할 뿐이지'라며 되뇌이는 것은
언젠가 상자를 열었을 때 마주할
조그만 능력치에 실망하지 않기 위해서다.

양파 같은 사람

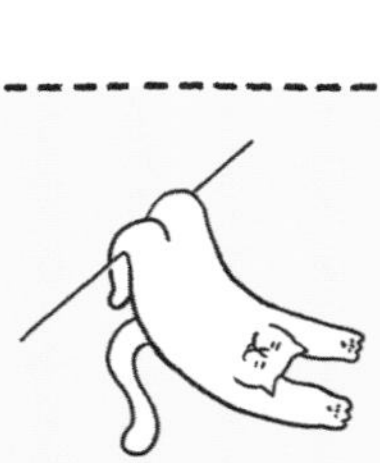

까도 까도 나온다는 말의
궁정형 표현인 사람이 되고 싶다.
하지만 다음 껍질을 까고 나올 때까지
지켜봐주는 사람도 있었으면.

끊임없이 잡생각을 하는 인간

인간은 끊임없이 잡생각을 한다.

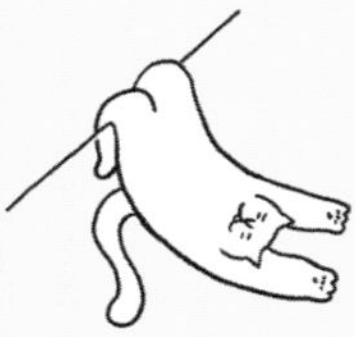

내가 얼마나 애써주는지도 모르고…

일하기 싫은 몸뚱이를 의자에 앉혔을 때 드는

잡다한 생각들을 브레인스토밍이라고 해두기로 했다.

왜 그러는 거야

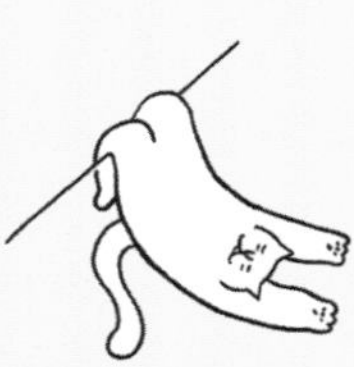

죽여줘 또는 살려줘

죽여줘…

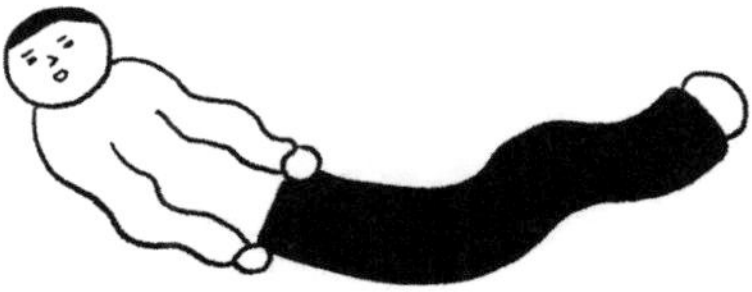

또는

살려줘~~의 나날이

엎치락뒤치락하는 일상.

의미 부여

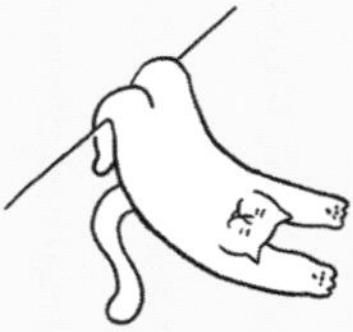

의! 미! 부! 여!

이러는 게
무슨 의미가 있냐!

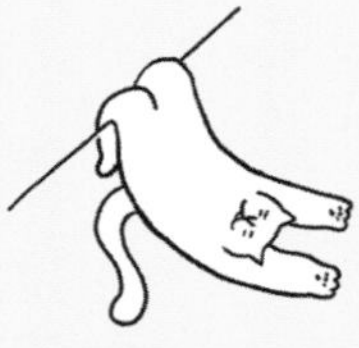

구겨지기 쉬워

이야! 휴가다~

어떻게 하면 잘 쉬었다고 소문이 날까?

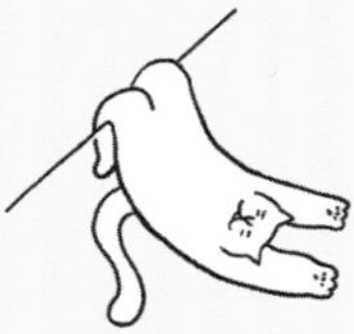

최고로
잘 쉬고야 말겠어.

그냥 쉬는 법을 잊어버린 인간이었다.

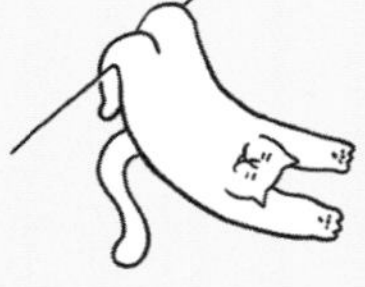

주말을 붙잡고 싶은 사람

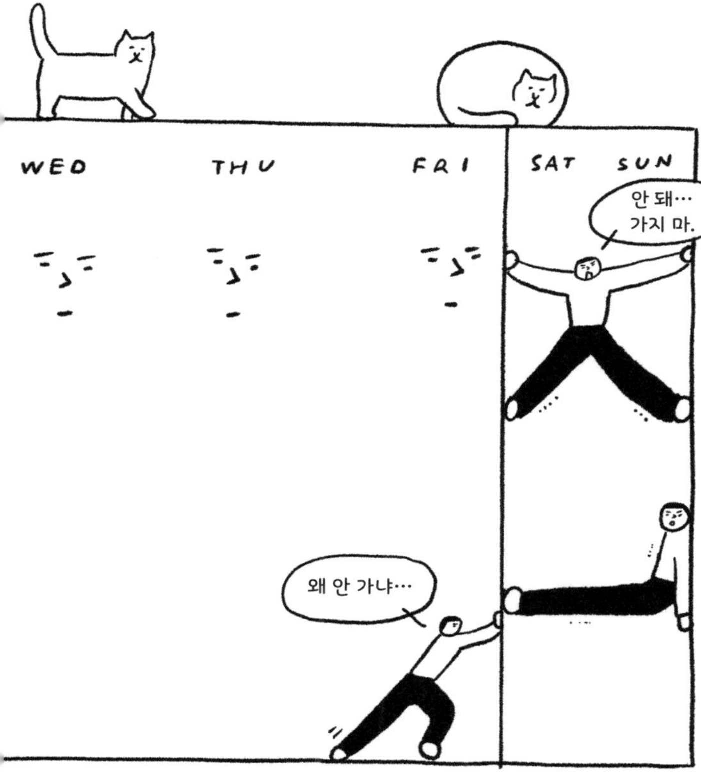

주말과 평일이 똑같은 24시간이라는 사실을
아직도 받아들이지 못하겠어.

누운 사람 1

향기 나는 사람

요즘은 게으름이 멋지게 보이고 싶은 욕구를 이긴다.

향기를 연출하는 부지런함에 박수를 보내고 싶어졌다.

쥐구멍

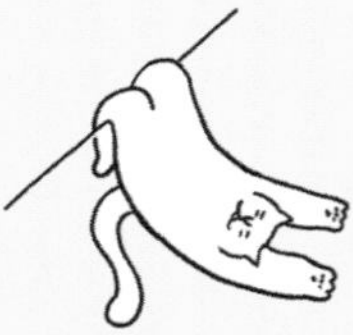

취구멍에선 한결 나오려나?

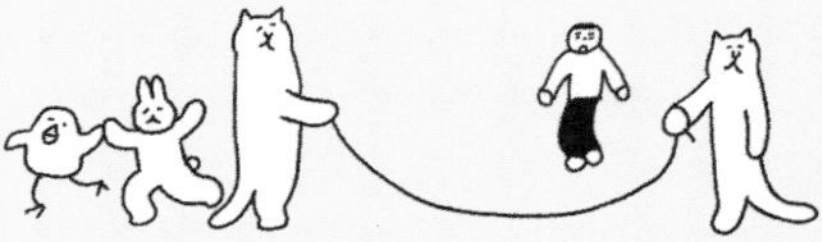

증명해봐!

굿! 다음.
증명해봐!
증명해.
더 해봐.

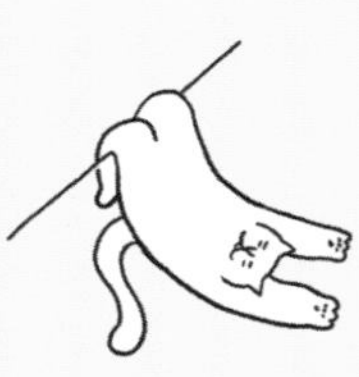

언제까지 증명해야 해.
끝이 없다, 정말.

기분 탓이었나.

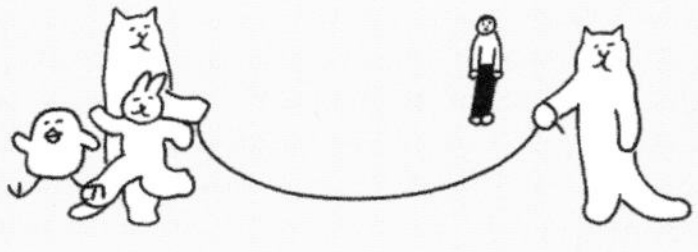

역시 기분 탓이었나…

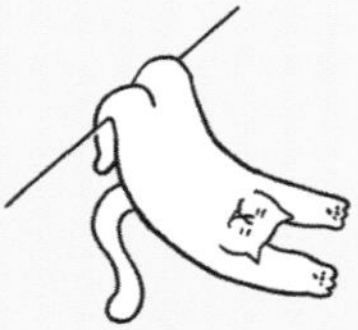

진심의 티백

그렇게 엄중한 기준으로 하트를 누르지 않는다.

오히려 너무 회심의 하트라면 조금 부담스러울지도.

징징거리고 싶을 때는
이 징을 쳐.

…OK!

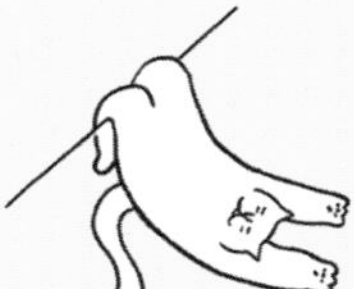

징징거리고 싶은 마음이 들 때마다 징을 친다면

사물놀이패에 들어가야 할 것이다.

최선

그림 그리고 싶다.
근데 펜이 없어.
돈도 없고~
그냥 다 없어…
명필은 상황을 탓하지 않는 거야.
주어진 조건에서 최선을 다하라고!

난 못 해…

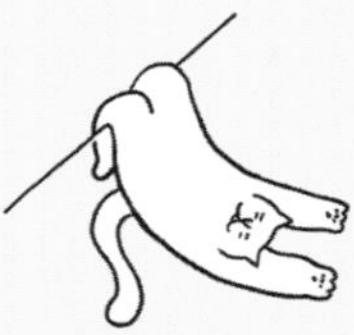

wow ~

깨지기 쉬운 유리 그릇을 닦을 때
이중적인 감정이 든다.

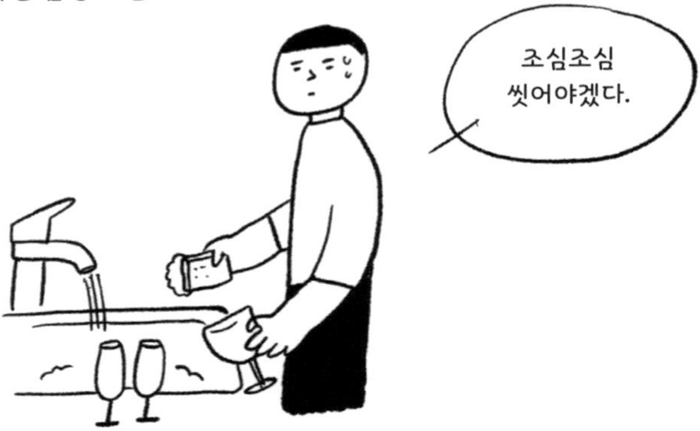

조심조심
씻어야겠다.

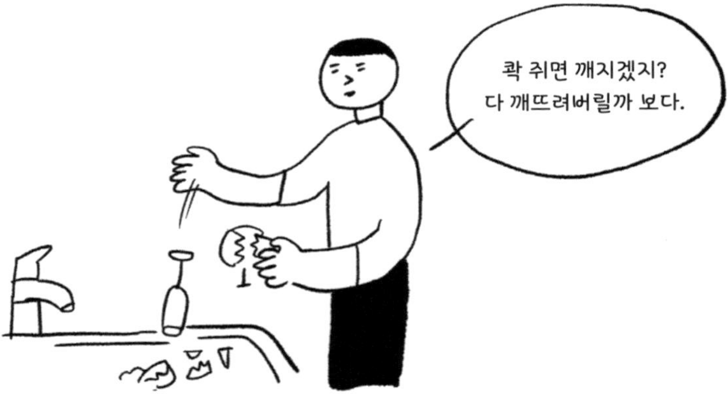

콱 쥐면 깨지겠지?
다 깨뜨려버릴까 보다.

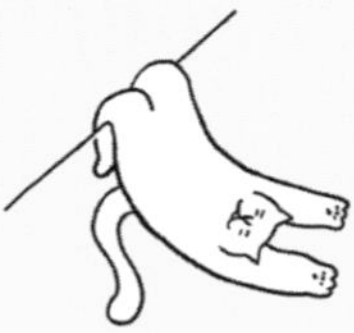

이런저런 상상을 하며
설거지를 마쳐갈 때쯤

고양이는 저질러버린다.

이끌리는 대로 행동하고
후회하지 않는 삶…

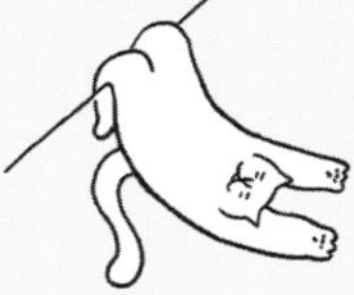

아낌없이 주는 사과

다들 단맛만 쏙 빼갔네.

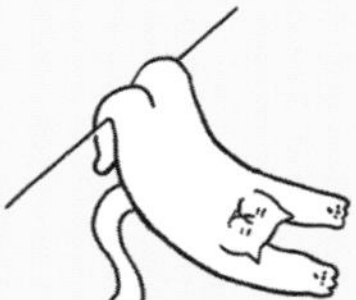

다음부턴 네 몫도 잘 챙기도록 하자, 인간.
물론 고양이 몫도.

화려한 반찬

식사를 하며 보려고 TV를 켰다.

TV를 꺼버렸다.

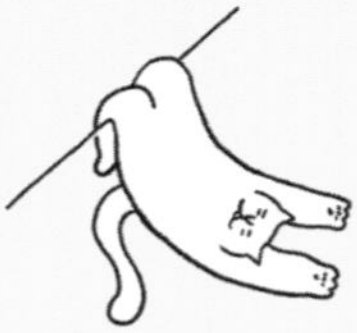

다시 TV를 켰다.

입을 옷이 없다

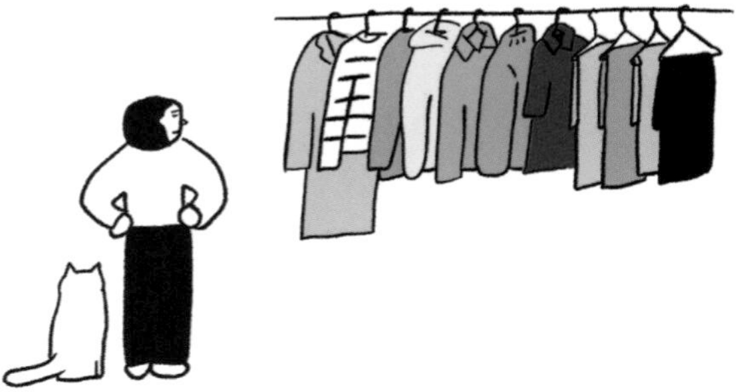
입을 옷이 하나도 없네…

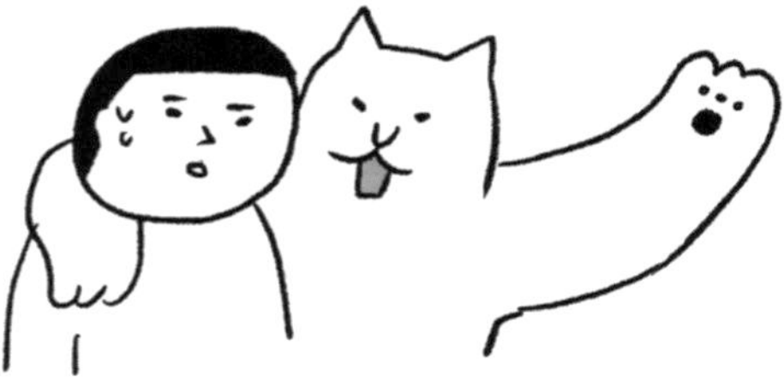
저게 다 옷이 아니면
뭐란 말이야?

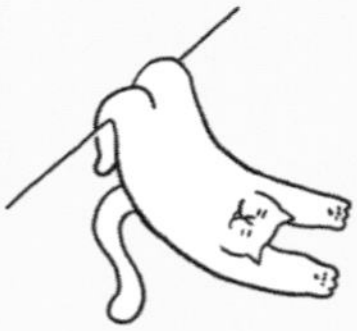

평생 한 벌만으로 살아가는 고양이는 알 리가 없었다.

흘러가는 대로

흘러가는 대로 뒀더니 배는 산으로 갔대.

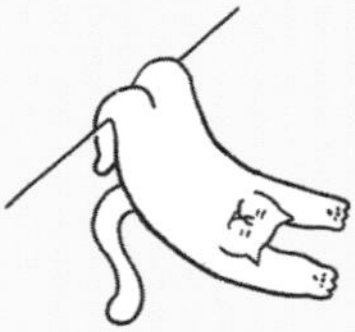

꼬리에 꼬리를 무는 생각

3장 · 귀여운 정도의 할 일이라도 쌓이면 무겁다

귀여운 정도의 할 일

퇴사 후 나를 찾아 떠나겠다고 다짐한 지 어언 4년 차.
어영부영 지내다 보니 자아성찰은커녕
프리랜서가 돼버리고 말았다. 몸과 마음은 애초에
따로 놀기를 좋아한다는 걸 잠시 잊고 있었다.
오늘도 주섬주섬 터무니없이 작은 컵을 들고
과거의 내가 앞마당까지 엎지른 물을 주워담으러 간다.

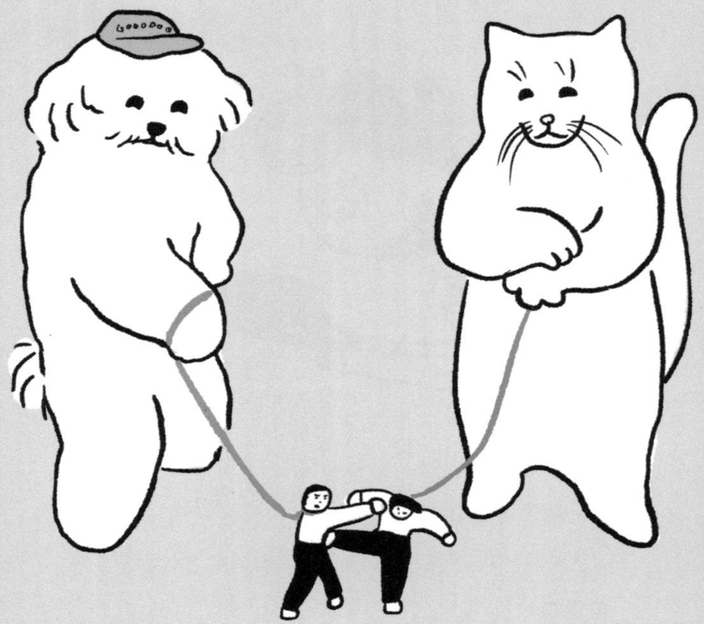

겨울의 인간

겨울철 두껍게 입은 인간들 사이로 파고들면

힘들이지 않고 이동할 수 있다.

겨울의 출퇴근길은

사람과 오리털, 너구리털의 온기로 가득하다.

머리가 동그란 이유

몸도 마음도
자유롭고 싶다아아~

고양이가 높은 곳에 앉아 있는 이유

잠깐 정신이
팔렸었네.

GOOD IDEA

샤워할 때 번뜩 나타났다가 헹구면서 사라지는 것.

그것이 굿 아이디어.

적당히 균형 잡으면서 살아가기 참 힘드네.

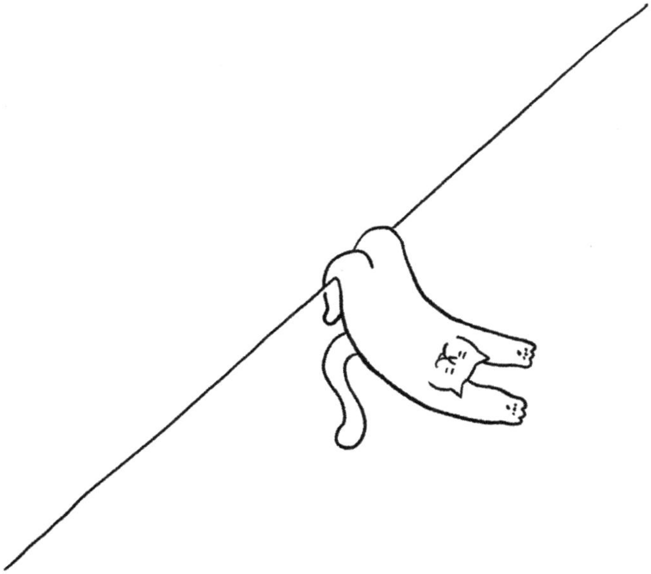

줄에 붙어 있는 게 어디냐.

고인물에서 1000회 이상 회전해본 결과,

약간이라도 다르게 시도하지 않으면

맴맴 돌게 된다는 것을 알게 되었다.

분위기 메이커

정적이 흐르는 순간, 이 사람은…

내가 뭐라도 해서
이 침묵을 깨야 해.

광대가 된다.

주어진 시간 동안,
온 힘을 다해 대화의 공백을 채운 뒤…

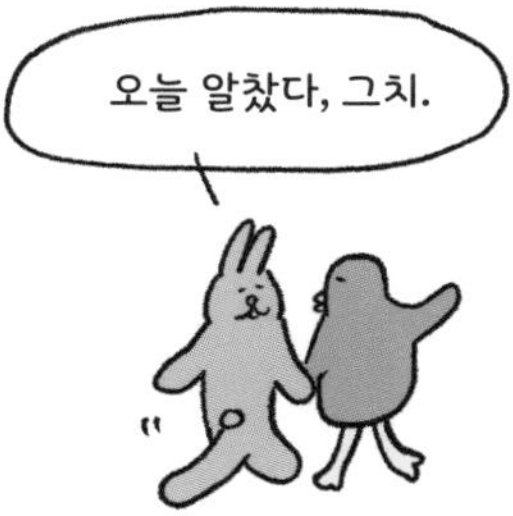

오늘 알찼다, 그치.

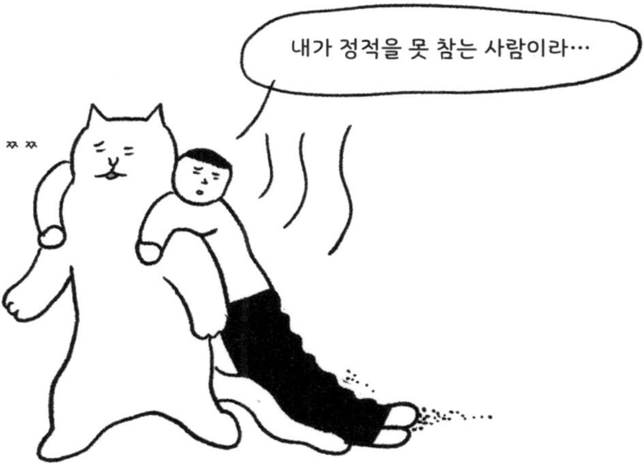

내가 정적을 못 참는 사람이라…
ㅉㅉ

껍데기만 남은 채 돌아온다고 한다.

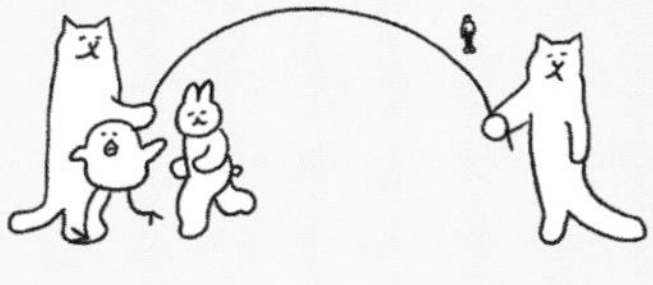

기댈 언덕

딱히 기댈만 하다는 건 아니었지만…

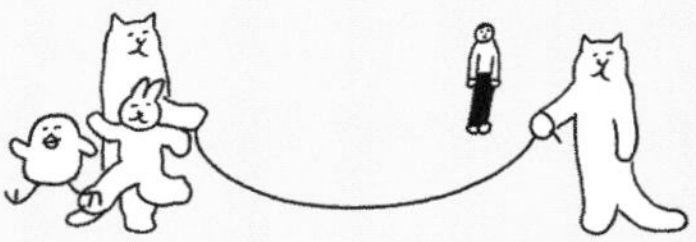

유난히 언성이 높아 대화가 잘 들리는 테이블에서
한참을 아는 체하며 얘기하더니 이런 말이 들려왔다.
"야, 그래도 우리 정도면 꼰대 아니지."

끈기와 포기

'그래서 언제까지 해야 돼…'를 되뇌이며

학교와 회사를 모두 마쳤다.

그런데 어떤 것들은 포기해보니 꽤 개운하다?

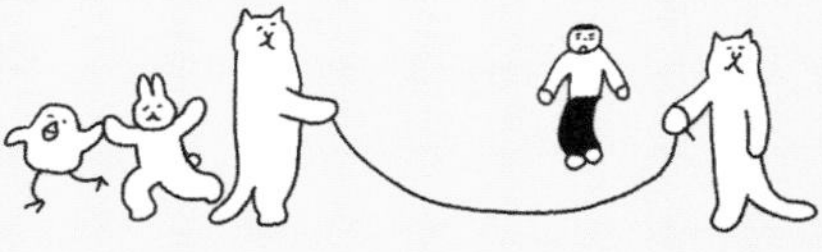

잘 풀리는 집

어느 날 화장지 회사에 메일을 보내봤다.

변기에 가만히 앉아서

평화로운 화장지의 패턴을 쳐다보다 결심한 일이었다.

잘 풀리는 집, 부자되는 집이라는 상품명에 걸맞게

더 잘 풀리는 내용의 화장지 그림을

그릴 자신이 있었는데

아쉽지만 계획에 없다는 회신을 받았다.

뭐, 언젠가 잘 풀리다 보면 기회가 또 오겠지.

누운 사람 2

여행을 가서도 종일 돌아다니기보다는
숙소에 돌아와 낮잠을 자곤 한다.
언제쯤 중력이 편안해질까?
오늘도 누워 있기 좋은 풍경을 찾으며
다양하게 누운 상상을 한다.

냥냥수월래

파이팅

파이팅
너두 파이팅
파이팅! 대한민국 파이팅!
그래 그래 파이팅하쟈!
오늘두 파이팅!
모두 파이팅합시다.
아자아자 파이팅합시다.
너도 완~전 파이팅
파이팅!~

외치다 보면 내가 속기 때문에 가끔 외친다.

파이팅!

눈앞의 이익

당장 눈앞의 이익에 눈이 멀어
앞일을 내다보지 못하는 인간이 되지 말자.

중고거래 사이트에서 사기를 당한 적이 있다. (눈물)
금요일 가장 나른할 4시쯤에 난데없이 찾아온 그 매물은
정가보다 30만 원이나 싼 미개봉 아이패드였다.
정신없이 입금한 후 밀려오는 불안함에
사주 앱을 켜봤더니 오늘의 운세 점수는 50점.
'금전거래는 되도록 하지 말 것'이라 써 있었다.
송장을 보낸다던 판매자는 더 이상 말이 없었고
나는 금요일 밤을 경찰서에서 조서 쓰는 사람으로
얼얼하게 마무리했다.

집에 가고 싶다

에이~
뭐 그런 걸 갖고 그래.
그냥 똥 밟았다 생각해~

아, 내가 무슨 쥐똥만 한 위로를 얻자고

이 얘기를 꺼낸 걸까?

절로 후회가 되는 것이다.

정리의 마법

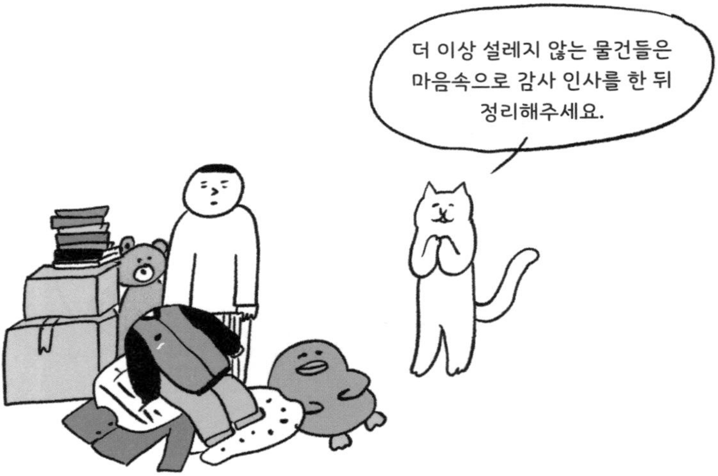
더 이상 설레지 않는 물건들은
마음속으로 감사 인사를 한 뒤
정리해주세요.

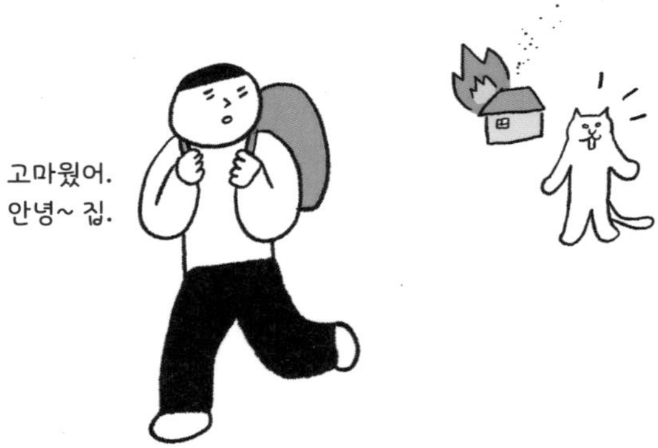
고마웠어.
안녕~ 집.

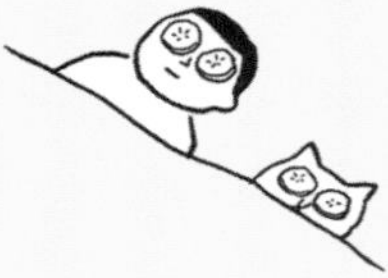

진정성

하루종일 한마디도 하지 않았다.

상처받았던 말들을 적당한 용기에 꾹꾹 담아서

마음속 냉장고에다 넣어두고
언제든 꺼내서 곱씹을 거거든?

들었던 말 중 가장 오래 생각했던 말은 '착한 척하지 마.'
오랫동안 묵히고 발효시켜 생각해본 바, 결론을 내렸다.
착한 척이라도 하는 게 낫지 않니?

과한 사랑의 실험

엄마에게 SNS 아이디를

알려준 것은 실수였다.

어느 날 모든 게시물에 '좋아요'를 누른

정체불명의 아이디가 엄마라는 걸 깨달은 순간,

다시 적당한 거리가 있던 시절로 돌아가고 싶어졌다.

산책용 머리

기분 전환으로 동네 미용실에 머리를 하러 갔다.

마지막 회심의 드라이.

디자이너의 '어디 가세요?'라는 말에

집에 있는 것도, 약속이 있는 것도 아닌

어정쩡한 대답을 했는데

그걸 듣고는 앞머리, 옆머리를 모두 둥글고
풍성하게 말아주셨다. 평범한 티셔츠와 대비되는,
너무나 목만 갈아끼운 것 같은 모습.
그 길로 달려가 머리를 감았다. 미용실과 집의 거리가
그렇게 멀게 느껴진 적은 처음이었다.

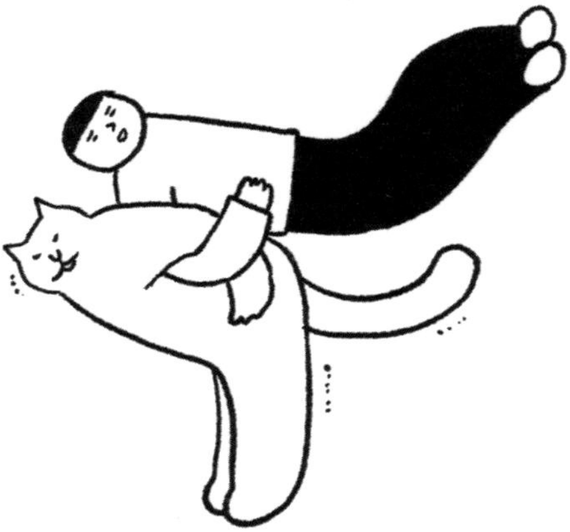

부끄러운 과거지만

학급 어린이 회장 선거에 출마한 적이 있다.

학년이 높아지면서 반장보다는

새로 생긴 회장직이 탐났던 나는

전학온 지 얼마 안 되어 아는 친구도 별로 없으면서

덜컥 출마했던 것이다. 개표 결과는 총 1표.

내가 나를 뽑은 것으로 마무리되었다.

그래도 옆자리 짝꿍은 믿었는데.

人
서로 기대며
살아간다는 의미로
사람 인(人)인 거야.

뭐, 여러 가지
인간관계가 있는 거지.

수박 겉핥기

여기 거대 식빵이 한 장 있습니다.
어떻게 먹는 것이 가장 만족스러울까요?

눕는 게 최고입니다.

아무 말이나 하다 보니까
별 개소리까지 다 해버린 것 같아.

...
대신 사과할게.

미련

사지 못한 물건에 대한 미련이 길어지기 전에

신속한 결제로 관계를 돈독히 하는 어른이 되었다.

갓 구운 식빵

심심한 사과

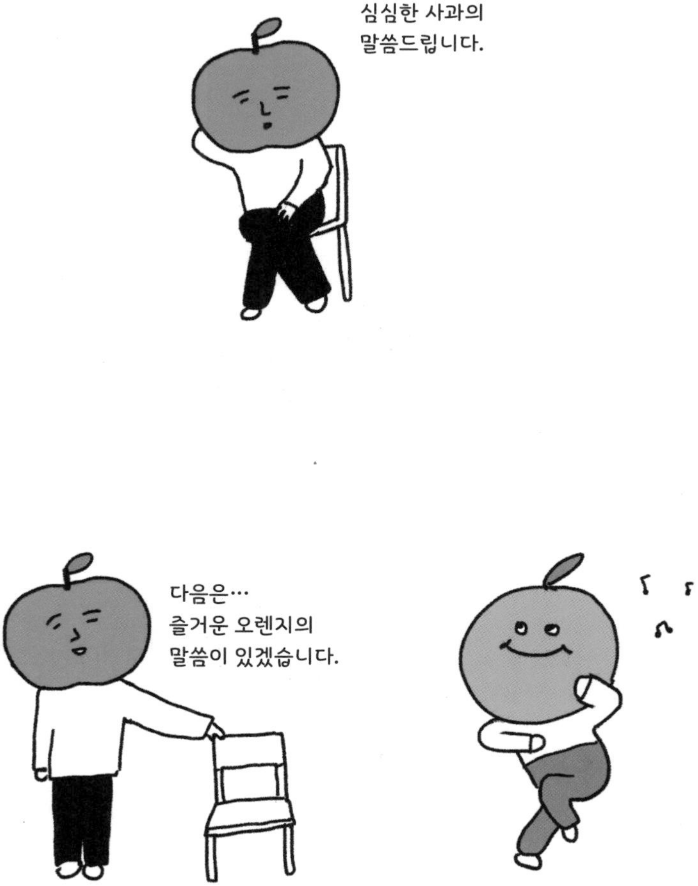
심심한 사과의
말씀드립니다.
다음은…
즐거운 오렌지의
말씀이 있겠습니다.

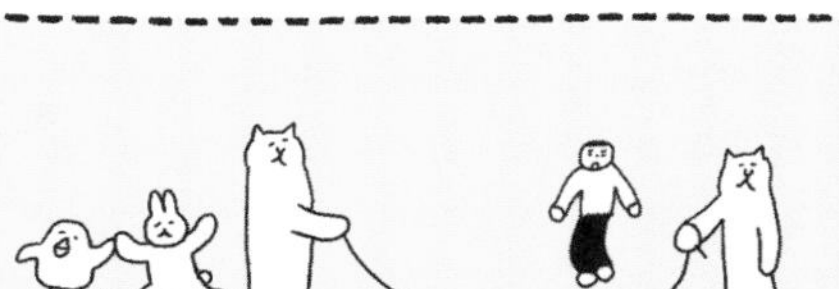

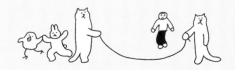

아날로그 세계엔
어쩐 일이야?

싸우다 정들기

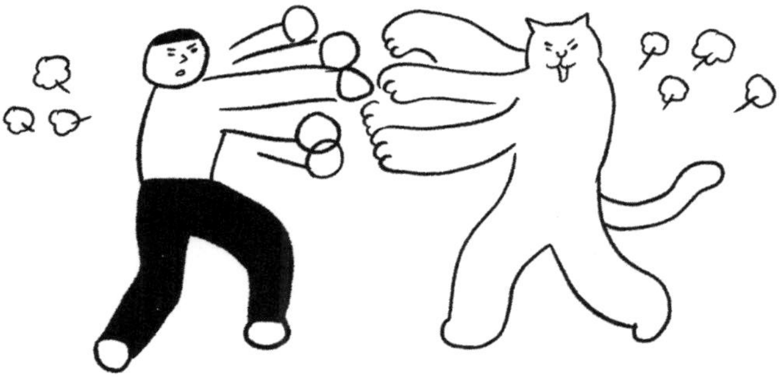

이 고양이가!!!
이 인간이!!!

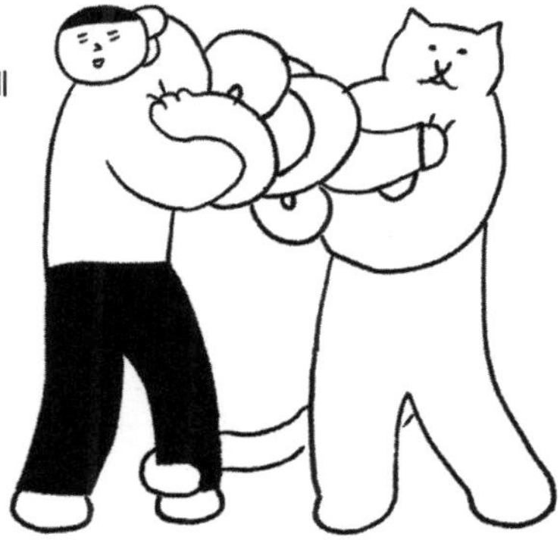

예…
이렇게 엮이게
되었습니다.

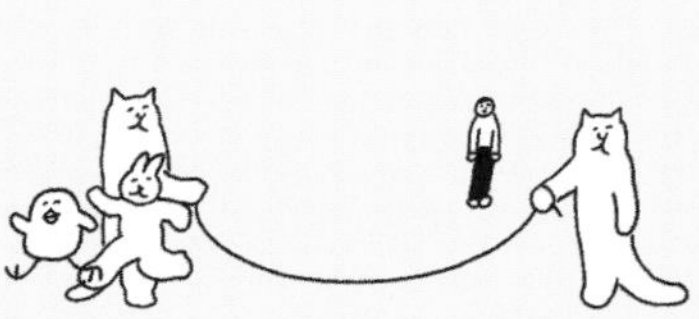

속세의 맛

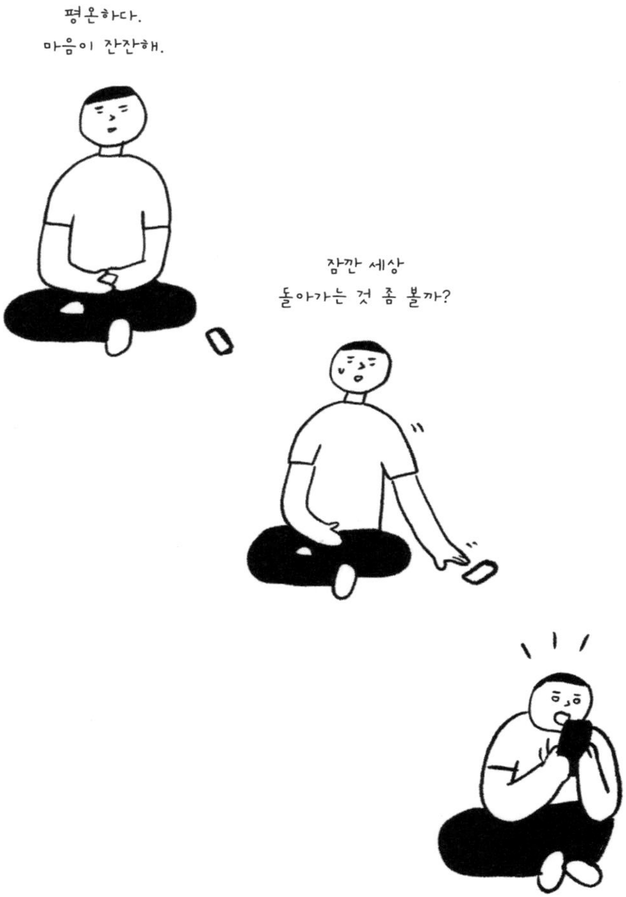

평온하다.
마음이 잔잔해.
잠깐 세상
돌아가는 것 좀 볼까?

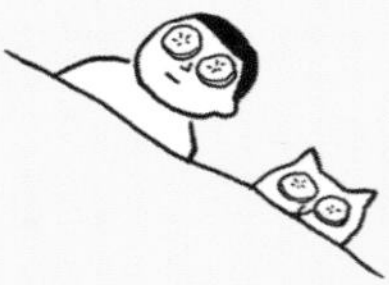

동해 바다로 휴가를 떠나며
휴대폰을 볼 겨를이 없어 SNS는 놓고 살았다.
풍경에 집중하고 사진에도 집착하지 않았다.
바다를 마음에 가득 담았다.

그러나 집으로 돌아와 침대에 드러누워
SNS를 여는 순간, 순식간에 현실로 소환 완료.

스파게티 1인분이
얼만큼이더라?

이…만큼?

이만큼…?

뭐야!
너무 조금이잖아.
이정돈 돼야지!!

너무 많네.

이 바닥

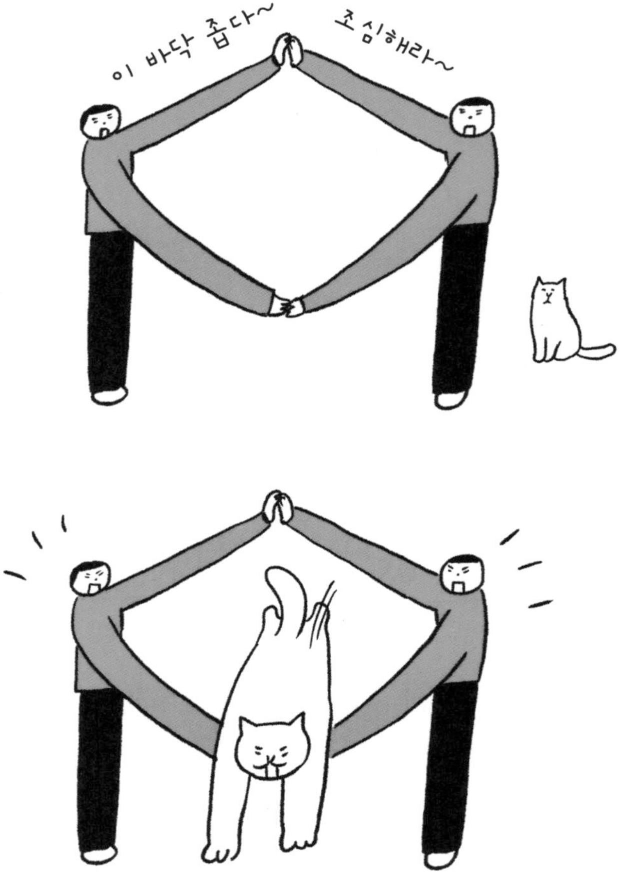

아무런 영향도 없었다.

화환 같은 사람

어디서나 무난하게 어울리고 환영받는
화환 같은 사람이 되고 싶다가도 화환만큼 화려하게
존재감 없는 사물이 또 있을까 하는 생각이 든다.

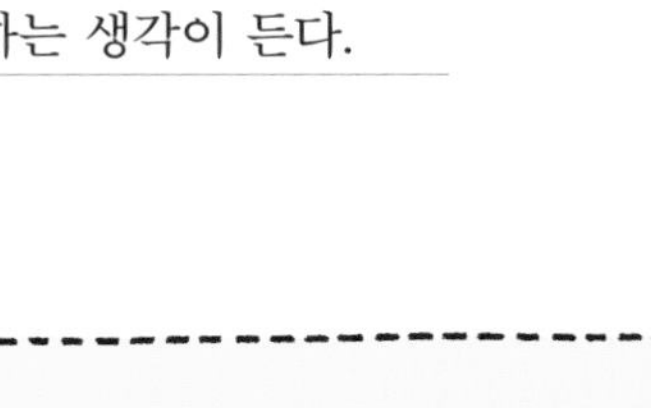

전형적인 맛

기억에 전혀 남을 것 같지 않은 한 잔이었다.

물 들어올 때 노 젓기

빨래가 열리는 나무

마른 것부터
그때그때
수확해
입으면 돼.
중간에 뭔가
생략된 것 같은데.

일상을 바지런히 챙기는 일은 위대하다.
마감만 겹쳐도 쌓이는 설거지가, 널어놓은 채
매번 수확해 입는 빨래가, 냉장고 속에서
말라가는 식재료가 방치되지 않게 하는 위대함.

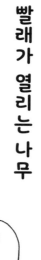

주고 싶은 마음

거절한다.

현대사회에서 인간은
어딘가 너덜너덜하고 구부러져 있기 마련.

걱정 마. 고양이가 빳빳하게 다려줄 테니.

깨달음

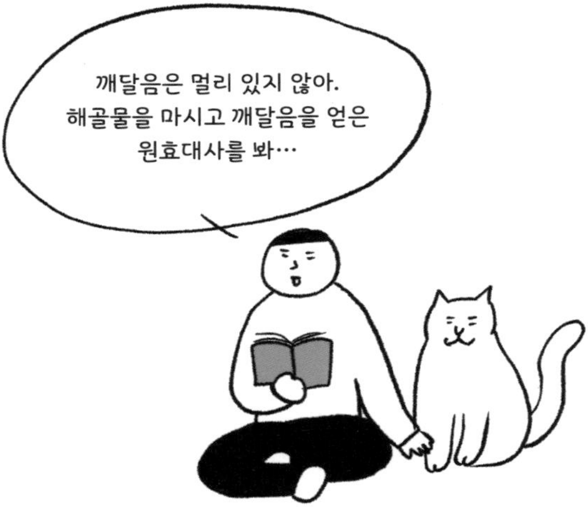
깨달음은 멀리 있지 않아.
해골물을 마시고 깨달음을 얻은
원효대사를 봐…

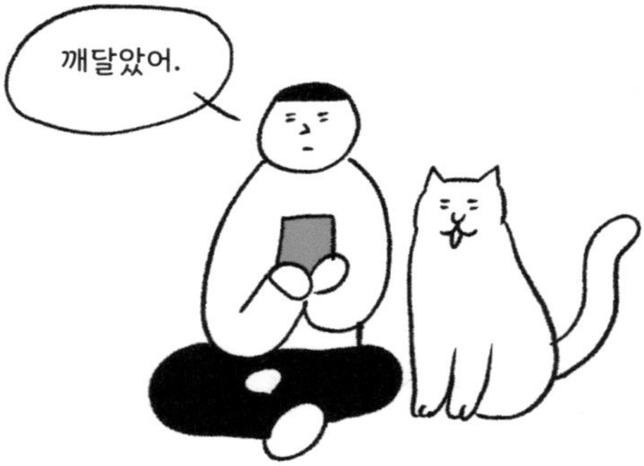
깨달았어.

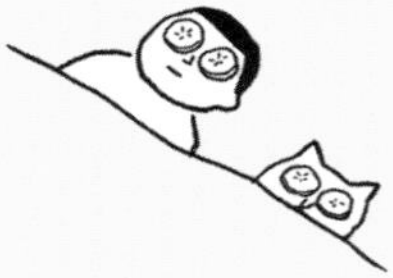

식사를 하다가 테이블 위의 컵을 보고 친구에게
이거 사이다야? 먹어도 돼? 물었더니 그러라고 했다.
머릿속에 달콤한 탄산을 생각하며 마시자
정말 첫입에 사이다 향이 났다.
'탄산이 좀 없네' 생각하는 동시에 깨달았다. 물이었음을.

중심 잡기

흔들리는 건 당신의 마음입니다.

흑역사

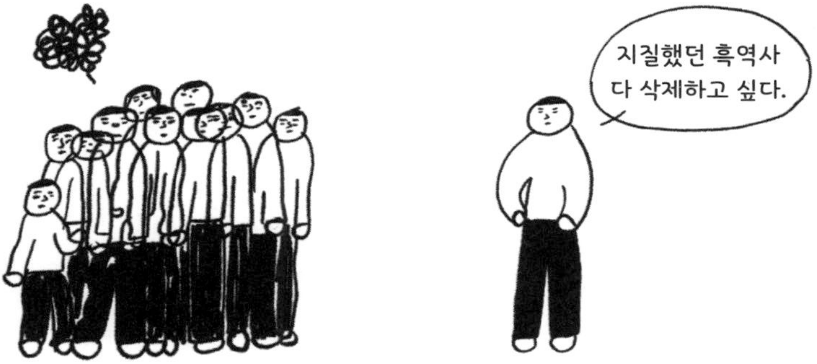

지질했던 흑역사
다 삭제하고 싶다.

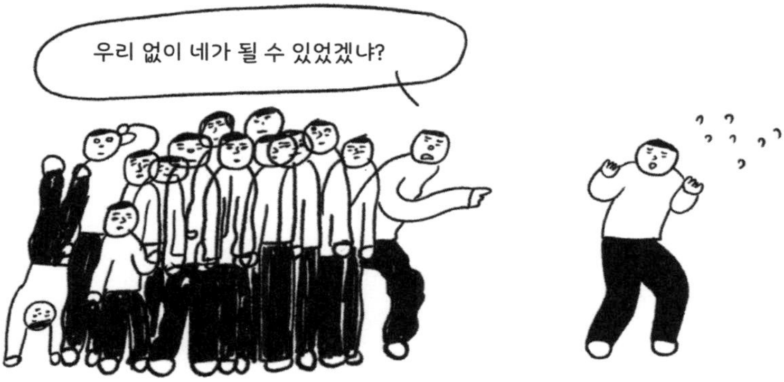

우리 없이 네가 될 수 있었겠냐?

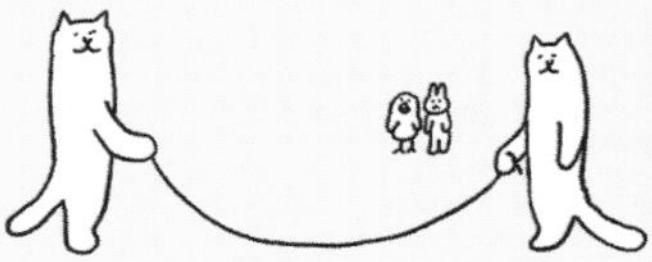

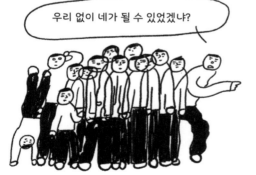

그런 거 없는데?

나가는 말

나가시는 출구는 이쪽입니다.
두고 가시는 마음은 없는지 확인해주세요.

인간들은 맨날

초판 1쇄 발행 2022년 5월 11일
초판 2쇄 발행 2022년 5월 25일

지은이 최진영
펴낸이 이승현

편집1 본부장 한수미
에세이2팀
편집 박인애
디자인 이지선

펴낸곳 (주)위즈덤하우스 **출판등록** 2000년 5월 23일 제13-1071호
주소 서울특별시 마포구 양화로 19 합정오피스빌딩 17층
전화 02) 2179-5600 **홈페이지** www.wisdomhouse.co.kr

ISBN 979-11-6812-294-9 03810